U0075086

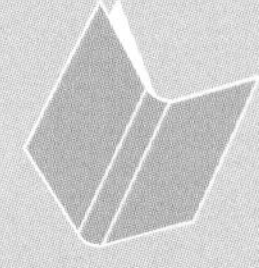

閱讀123

國家圖書館出版品預行編目資料

妖怪小學1 誰來報到？／林世仁 文；林芷蔚 圖 -- 第二版. -- 臺北市：親子天下, 2018.6 120 面；14.8x21公分. --（閱讀123） ISBN 978-957-9095-67-9（平裝）
859.6 107005905

閱讀 123 系列 —— 060

誰來報到？

作　　者｜林世仁
繪　　者｜林芷蔚
協力繪者｜薛佳雯、彭治翔
責任編輯｜蔡珮瑤
美術設計｜蕭雅慧
行銷企劃｜王予農、林思妤

天下雜誌群創辦人｜殷允芃
董事長兼執行長｜何琦瑜
兒童產品事業群
副總經理｜林彥傑
總編輯｜林欣靜
主編｜陳毓書
版權主任｜何晨瑋、黃微真

出版者｜親子天下股份有限公司
地址｜台北市 104 建國北路一段 96 號 4 樓
電話｜（02）2509-2800　傳真｜（02）2509-2462
網址｜www.parenting.com.tw
讀者服務專線｜（02）2662-0332　週一～週五：09:00~17:30
讀者服務傳真｜（02）2662-6048
客服信箱｜ parenting@cw.com.tw
法律顧問｜台英國際商務法律事務所・羅明通律師
製版印刷｜中原造像股份有限公司
總經銷｜大和圖書有限公司　電話：（02）8990-2588

出版日期｜2015 年 10 月第一版第一次印行
2022 年 8 月第二版第十次印行
定　　價｜260 元
書　　號｜BCKCD112P
ISBN ｜978-957-9095-67-9（平裝）

訂購服務
親子天下 Shopping ｜shopping.parenting.com.tw
海外・大量訂購｜parenting@cw.com.tw
書香花園｜台北市建國北路二段 6 巷 11 號　電話（02）2506-1635
劃撥帳號｜ 50331356　親子天下股份有限公司

妖怪小學 1

誰來報到？

文 林世仁　圖 林芷蔚

【角色登場】

妖大王

受到宇宙大王刺激，從「懶大王」變成「勤奮大王」。責任心大，企圖心大，愛說大話，連想到的點子都很大！但大多異想天開、不一定能成真。樂觀、自信，相信「宇宙無難事」，連影子都以為自己是全宇宙最聰明的影子大王！

九頭龍

察言觀色第一名！凡事遵命，使命必達。如果不當主任，會是最賺錢的銀行家。他很體貼膽小的小朋友，九顆腦袋大多縮得小小的（甚至藏起來變成脖背上的小斑點），必要時才會同時彈冒出來。

千眼怪

最厲害的觀察大師，怕自己看到太多，會閉上好幾百隻眼睛（或戴上眼罩），讓人以為他是獨眼怪、三眼怪、六眼怪……聽說再修練一下，他就可以同時看見過去、現在和未來（說不定他早就會了喔）！

隱形怪

最優雅的紳士，常常注意沒人注意到的小細節。好好先生，無比熱情卻有著小小寂寞。凡事透明公開，最興奮的時候也不會忘記餐桌禮儀。最煩惱的問題是：「為什麼我沒有影子？」

八腳怪

長不大的小孩，傻呼呼，愛湊熱鬧，忘性強，實話實說，對什麼都好奇，什麼都想試一試，手腳動得比腦筋快，經常扮演「白目角色」（還好自己不知道）。

咕嘰咕嘰風

永遠三歲的笑笑風、小小風，最愛搔癢，覺得「笑」是全宇宙最好聽的音樂。最希望有一天能搔得石頭也哈哈笑！

目次

宇宙大王生氣了！

五百年一次的宇宙大會
終於快結束了……

第十屆宇宙大會

「咦？」妖大王突然一驚醒來，抹抹嘴角的口水，身旁打瞌睡的神仙大王也急忙坐直身體。

台上，宇宙大王正在瞪他們。

「……這五百年來，有兩個大懶鬼，好像一直在睡懶覺！」

嘿，不是在罵我們吧？妖大王和神仙大王立刻調整五官位置，努力擠出全神貫注的表情，盯著台上的立體投影幕……哇，這是哪一個外星世界？一座座高山長得古怪、連得奇特，還被削得方方直直，連山洞都被戳成四方形！山下頭，一堆大大小小的彩色石頭滑過來、滑過去。

整個世界鬧哄哄、熱騰騰，好像大蜂窩……

「紐約、東京、上海、台北……」影像隨著宇宙大王的聲音不斷變換。「高樓大廈、巴士、汽車。五百年來，人類世界完全改觀了……」

哦，原來那些怪怪山叫高樓大廈，怪怪石頭叫汽車！嘿，人類世界怎麼變得這麼熱鬧？

妖大王正在讚歎，車聲、喧鬧聲忽然一下消失。

捷運
ABX - 1234
CDE - 321

安安靜靜的螢幕上，只見大大小小的妖怪，躺著、趴著、側著、貼著地、懸著空……睡姿千奇百怪，只有嘴巴開開合合的動作很一致。「呼——嚕嚕！呼——嚕嚕……」

「瞧，這是同一個時空裡，另一個懶鬼世界！」

妖大王低下頭，臉頰燙得都可以煎雞蛋了。哎呀，那不是前一陣子的「呼嚕大會」？

哼，都怪瞌睡小妖，辦什麼呼嚕大賽，害大家一打呼嚕，全都睡了一百年。

「喏，這是第二個跟不上時代的懶鬼世界！」

這一次，換神仙大王低下頭。

畫面上，清風徐徐，兩個穿長袍的神仙，正在聊天……

他們一胖一瘦，望著飛過身邊的「旅行者一號」外星探測器。胖神仙雙手一拱，腰一彎，問：「兄台，敢問那隻螢火蟲何以如此大？」瘦神仙搖著羽毛扇子，搖頭晃腦的說：「妙哉妙哉，待本山人吟詩一首：斗大螢火蟲，飛入我蒼穹。要問有多大？火把加大燈。」

會場爆出一片笑聲，穿幽浮裝的外星大王笑得最大聲。

「再這樣下去，」宇宙大王的眼睛又瞪了過來。「妖怪

世界和神仙世界的能量點數，我可要全部轉送給人類世界了……」

燈亮，門開，大會結束。

「哼，我才不會讓人類搶走我們的能量點數！」妖大王說。

「對，幾千年來，都是我們高高在上，怎麼可能倒過來？」神仙大王也很有自信。「只要努力一下，我們立刻就能追過他們！」

等其他會員都離開了，兩位大王才提著大會發放的紀念品，悄悄溜出後門。

「你打算怎麼做？」妖大王問。

「簡單，一回去，我立刻辦個神仙集訓營。你呢？」

「我？嗯……我還沒想。反正很簡單嘛，回去隨便想一下就行。」妖大王說：「對了，這是什麼東西？」

「我也不知道。」神仙大王拆開手上的紀念品，盯著上頭的幾個大字。「哦，是人類世界的新產品……叫蛇板。」

「怎麼玩？」

「我也不懂。我看一下說明書……」神仙大王瞇起眼睛研究。「哈，原來如此！」

宇宙大廳外，兩個大王人影，歪歪扭扭，像兩根歪來倒去的楊柳樹，直直往斜坡下，咻——咻——的滑了下去……

「哇——！」「哎喲——！」

「哎喲——！」「啊——！」

等等，我看看說明書……
哇嗚——這東西怎麼停下來啊？

人類文明發展史
人類文明
發展史

妖大王
發奮圖強

妖大王回到妖怪世界，立刻開始大改革。

第一年，他開放所有魔法門，讓大家不用申請，就能自由進出人類世界。

「醒醒吧！小懶鬼、中懶鬼、大懶鬼，看看你們的前後左右，看看那些猴子親戚，現在都進化成什麼模樣了！」

這是震撼教育。

果然，妖怪世界起了大震動。

「哇，怎麼可能？人會在天上飛？還在海底游？」

「咦，那是什麼東西，又白又冰，那麼香，哇——還入口即化？」

「嘻，那個亮盒子真好玩，按一下，就出現不同的人！」……

第二年，妖大王准許妖怪市場出現人類世界的產品。

「知己知彼，百戰百勝。」這是妖大王從人類的書裡找到的句子。

「嘿，這個沙發比大石頭好坐多了！」

「樓房也比山洞精緻，亮盒子——哦不，電視——更是讚！」

「假牙萬歲！」老妖怪一致讚同：「人類發明的東西真是太棒了！」

妖怪世界一窩蜂，燃起了「人類熱」。到人類世界參觀、旅遊採購，成為最熱門的戶外活動。電腦、網路、手機，像風一樣把大家串連起來！就連妖家地攤、妖妹小店也都變成了二十四小時不打烊的妖怪超市！

妖怪世界熱哄哄，好熱鬧。妖大王卻愈看愈不對勁。

特價：50
To Fu

Ice
食
增量50%
Black Tea
食品
蘋果一顆
特價：1

「嘿，我們是要超越人類，不是要學習人類！」可是，要怎麼超越呢？

妖大王看看四周，山精水靈的住宅一大半都改成了鋼筋水泥，坐飛機的妖怪身上全是大包小包的

購物袋，大家的手指黏在搖控器上的時間，比翻魔法書還多……

唉，這算是進步嗎？

第三年，妖大王把《人類文明發展史》整本書都翻爛了，正看、倒看、橫著讀、直的唸……終於找出好幾項人類文明突飛猛進的大關鍵！

「啊哈——我知道怎麼辦了！」妖大王得意的握緊拳頭。

阿基米德跳出澡盆，發現浮力原理：

哈，我想到了！我想到了！

妖大王宣布：

今天起，大家洗澡都要改用洗澡盆。

小魚妖跳出澡盆：

哇，我燙到了！我燙到了！

伽利略在比薩斜塔上做實驗：

重量不同的球，會同時落到地面上。

妖大王宣布：

所有高樓都要蓋成斜的。

顛倒怪果然變得更厲害：

耶，我可以讓兩顆球都停在半空中！

牛頓被蘋果砸中：

啊，我想到萬有引力了！

妖大王宣布：

所有院子都要種蘋果樹！

迷糊怪被「蘋果樹」砸中：

啊，我想到了——我的電視忘了關！

阿姆斯壯在月球留下腳印：

這是我的一小步，人類的一大步！

妖大王宣布：

大家都要去月亮上踩腳印。

大腳怪：

可是……我的腳比月亮還大，怎麼辦？

唉，都三年了！妖怪們毫無進步，還是只會瘋「人類生活」。

「究竟應該怎麼做呢？」妖大王一生氣，把《人類文明發展史》往垃圾怪的嘴裡一扔。「哼，人類一定是偷學到什麼魔法，才變得這麼聰明！」

垃圾怪吃得喀茲喀茲，好痛快。

「咦，等等——」妖大王忽然想到什麼，伸手把書搶回來。

垃圾怪哪裡肯放？

「嘶——」妖怪大王只救回一頁。

書頁上，一群小學生快樂的在教室裡上課。

「啊哈，果然——」妖大王明白了，「這就是關鍵啊！」

最棒的妖怪，集合！

妖怪廣場上，妖大王大吼一聲：「最棒的妖怪，集合！」

所有在電腦前、電視機前、電玩前的超級妖怪，全都「咻——！」的一聲出現在廣場上。（遲到的，網路會被斷訊一個月呢！）

「喂喂喂，連排隊也忘了？」妖大王大吼一聲，又忍不住嘀咕：怪不得我會被宇宙大王罵。

「是！」「快——快——」「排好！排好！」

眼前一大團的黑鴉鴉烏，一秒鐘，立刻變成三小團的黑鴉鴉烏。

妖大王開始點名：「第一組？」

「有！『過去妖怪』報到。」牛魔王、虎姑婆、九尾狐、九頭龍、蜘蛛精、琵琶精、天狗、河童、魔神仔、食夢妖……排排站得好像一張泛黃的團體照。

「第二組？」

「有！『現在妖怪』報到。」雪人、尼斯湖水怪、雨傘妖、電腦怪、極光妖、島嶼怪、大腳怪……一排排站得活靈活現。

「第三組？」

「有！『未來妖怪』報到。」黑洞妖、星座妖、隱形怪、時空妖、異次元精靈……站得好像3D投影。

「很好。」妖大王點點頭，宣布說：「我決定開辦妖怪小學！培訓未來一等一的好妖怪、妙妖怪、宇宙無敵超級不敗終極大妖怪。」

「什麼？」所有妖怪都垮下臉。

「幹麼呀？這麼不高興？」妖大王好驚訝。

「我……我……」雪人鼓起勇氣舉手。「我不想當學生。我——我一讀書就會融化！」

「我也不想當學生。」九尾狐說：「我已經三千多歲了，嗯，還有老花眼！」

「我也不想——」尼斯湖水怪說：「我——我得了風溼病！」

「我也不行！」「我也是！」「我也是——」……

妖怪紛紛舉手，沒有手的妖怪也連忙變出手，舉得高高的。

「停——」妖大王大喊一聲。「我不是找你們來當學生——我對你們可沒有幻想。我是要培育我們的下一代！下一代——懂嗎？

下一代是我們出頭的唯一希望。我找你們來，是要你們**當老師**。」

「老師？」所有妖怪都鬆了一口氣。

「早說嘛！」

「呼，嚇我一跳！」

「當老師？嘿，比當學生簡單多了嘛！」

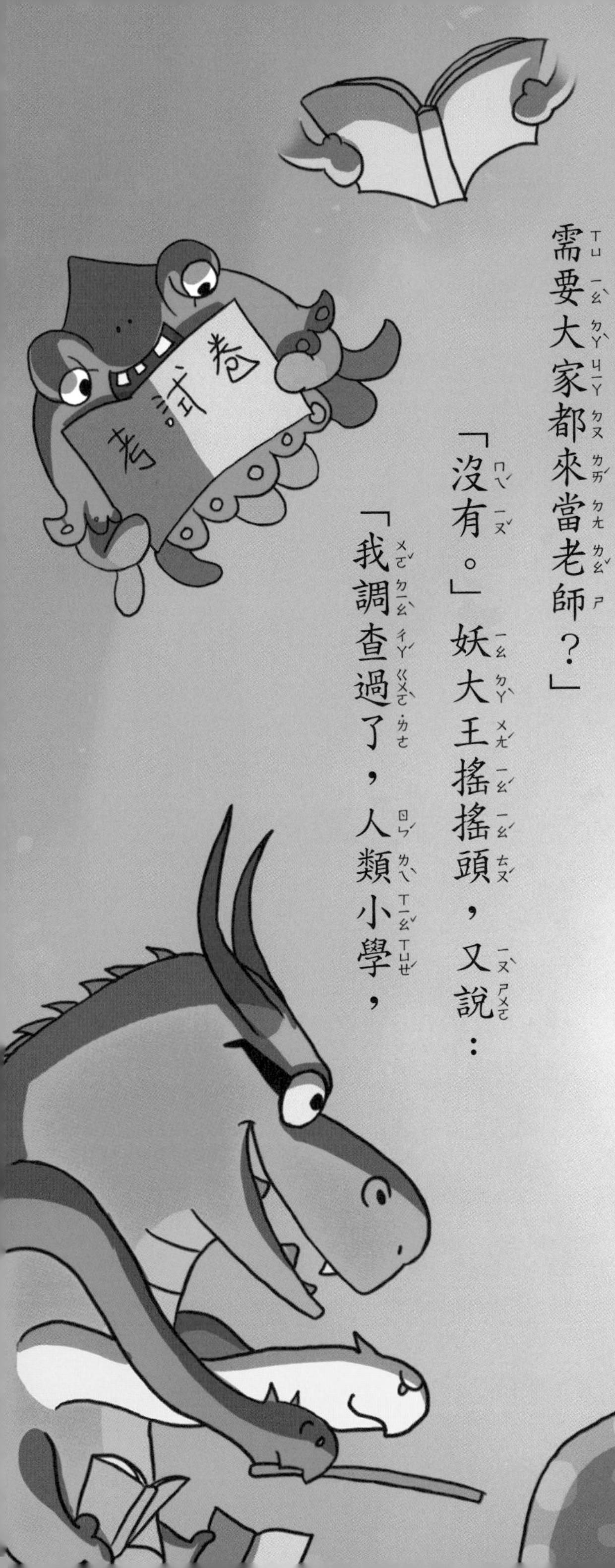

「對呀，對呀，當學生我不行，當老師我可強得很呢！」

「好好玩喔，我從來沒有當過老師！」

「等等，」電腦怪舉起手，「我們有那麼多學生嗎？需要大家都來當老師？」

「沒有。」妖大王搖搖頭，又說：

「我調查過了，人類小學，

一個老師教三十位學生。我們的妖怪小學，怎麼能跟他們一樣？哼，我們至少也要三十個老師教一個學生。」

「哇！」妖怪都用力鼓掌。妖大王果然比人類聰明！

「萬歲──」妖怪又為自己拍手。不必當學生，還能當老師，真好！真好！

「不過……」妖大王把大家的掌聲都吸進胸膛，舒服得打了一個飽嗝之後，才舉手示意大家安靜。

「雖然大家都是老師，但要輪流。第一節課一個老師，第二節課兩個老師，第三節課三個老師……這樣，效果才會加倍。」

「哇——！」妖怪又紛紛讚歎。

果然是宇宙無敵超級強的教學法啊！

「你們知道要教出最棒的小妖怪，什麼最重要嗎？」

所有妖怪都挺起胸膛，雙眼發亮，努力放射出最有智慧的光芒。

「嘿，不是你們啦。」妖大王搖搖手。

「那……是教科書？」他們雖然是

最懶惰的學生，卻都是最好的老師，知道教科書最重要。

「不不，也不是。」不是？這下沒人知道答案了。

「是學校——學校最重要啊！」

妖大王說：「要有學校，才能上課呀。」

「啊——對喔！」現場又出現一片「點頭波浪」。對嘛，對嘛，還是妖大王聰明。

「為了辦一所最棒的小學，我要先徵求學校的核心幹部。」妖大王說：「現在，請各組派出一位精英。我們要組成超強團隊，一起籌辦妖怪小學。」

「遵命！」三組妖怪立刻開始用最嚴格的方式挑選人才。

過去妖怪組，用點人頭法，點呀點……點到九頭龍（因為他的腦袋太多，前面八顆都逃過，第九顆卻被點到了）。

現在妖怪組，用電玩比賽決勝負。結果，由千眼怪獲選（沒辦法，他每隻眼睛都得盯住一台電腦，一千組電玩忙得他昏頭轉向）。

未來妖怪組，用穿梭時空法，最後一個抵達天外天異世界的當代表。結果，由隱形怪出線（因為沒人看到他抵達終點）。

「九頭龍報到！」

「千眼怪報到！」

「隱形怪報到！」

「**八腳怪報到！**」

「咦，怎麼多一個？」

「報告，我睡過頭了，剛剛到。」八腳怪大聲說。

嘿，這也算嗎？唉……算了算了。

妖大王看著眼前的代表，忍不住想：怎麼好像都是最倒楣的當選呢？

不過，幾位代表都氣勢旺盛。「我們一定不負使命！」

「對，不負使命！」八腳怪也跟著大聲說。「請問——現在是要做什麼啊？」

郵差也找不到的地方

「來，大家抽籤。」

「主任？」九頭龍看著手上的籤。

「工友？」八腳怪抓抓腦袋，怎麼差這麼多！

「教師代表？」隱形怪接著說。

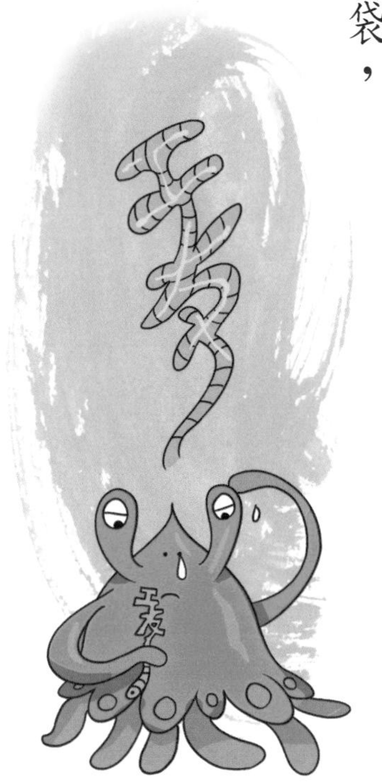

「那我就是——其他。這是什麼意思？」千眼怪不准抽，只能撿剩下的，因為他每個籤都看得見。

「就是其他的事都找你呀。」妖大王說：「好，大家都知道自己的職務了。第一次校務會議，開始！」

「等等，怎麼沒有校長的籤？」九頭龍問。

「你說呢？」妖大王瞪他。

「呃……」九頭龍的九顆腦袋立刻飛轉，馬上想通，朝著妖大王連點了九次頭：「校長好！」

「好。」妖大王重新宣布：

「第一次校務會議，開始！」

大家都看著妖大王。

妖大王看著大家。

「現在……呃，」八腳怪問：「要幹麼？」

「糟糕，我一下想不起來。」妖大王抓抓下巴，好痛心。「真可惜，《人類文明發展史》那本書被我給扔了。」

「沒關係，有網路！」九頭龍趕緊說；他的第二顆腦袋已經開始上網。

「人類小學都有網址，」第三顆腦袋說：「一查就有，每個學校都有地址──」

「啊，地址，對了對了！」妖大王眼睛一亮：「我想起來了！我們要先決定學校設在哪裡。」

「101大樓。」隱形怪舉起透明手說。

咻——！大家立刻出現在101大樓的樓頂上。

「別——緊——張——」妖大王撥開八隻在自己臉上亂揮亂撲的腳，把八腳怪從頭頂上抱下來。「我唸了『一說就到』咒，說哪裡，我們就出現在哪裡。這樣，我們可以實地觀察，立刻體驗。」

「這是人類上班的地方，不好！不好！」八腳怪的腳還在發抖。隱形怪不死心：「可以利用半夜啊！哪一間辦公室關門，我們就用哪一間。這裡很高，可以看見全台北。」九頭龍主任搖搖頭。「要選高，不如到喜馬拉雅山，可以俯看全世界。」

咻——！大家全聚在喜馬拉雅山上的聖母峰。

「哈啾！」八腳怪連打了八次噴嚏。

「要高？那不如到——月球！」

咻——！地球一下子遠在天邊。

「俯看地球？那不如找個可以俯看全宇宙的地方。」

「停——」妖大王連忙揮手，「別再比高啦！都不好，你們別再用『現在的腦袋瓜』想。我命令你們——用你們『小時候的腦袋瓜』想！」

叮咚！四個妖怪瞬間都變回了小時候。

（八腳怪一下變太快，回到剛出生，暫時不能發言。）

「好，告訴我，」妖大王看著四個小娃娃，口氣好溫柔：「你們想去哪兒上學？」

「冰淇淋甜筒的底部。」

咻——！大家變得好小，個個嘴巴都在滴口水。

「臭襪子裡。」

咻——！「嘻嘻，這裡臭得好香啊！」

「大野狼肚子裡。」

咻——！「耶，小紅帽是我們的同學！」

「雨滴裡。」

咻——！世界變得水潤潤，好晶瑩，好可愛。

「沖天炮的火花裡。」

咻——！「哇，好燙！好燙！」

「夢裡。」

咻——！「咦，這是哪個搗蛋鬼的夢？」

「茶壺裡。」

咻——！「哇，有人在煮開水啊！」

小娃娃一個接一個說，每一個地方都好棒，都好玩，都想試一試……

「哈，我知道了！」妖大王想到一個絕妙主意：「妖怪小學——地址不固定！哪裡都是學校，哪裡都是教室。」

「哦耶！」有一個小娃娃終於可以開口說話了。「所以，我們可以去任何地方上課嘍，譬如說——黑洞！」

咻——！他們瞬間被吸進可怕的黑洞，動彈不得。

妖大王好不容易才擠出一句話：

「哇，是誰說了黑洞呀？」

第一名的校園

好不容易逃出黑洞，妖大王罰八腳怪寫了一百萬遍「我再也不准說黑洞」（想到他有八隻腳，又改成八百萬遍）。

休息了好幾天，第二次校務會議才又正式召開。妖大王看看大家，很嚴肅的問：「對一個學校來說，什麼最重要？」

「當然是校長！」九頭龍主任說。

妖大王搖搖頭。

「主任？」千眼怪說。他察覺到九頭龍的九顆腦袋瓜，剛剛都被妖大王讚許的摸了一下。

妖大王搖搖頭。

「難不成是——老師？」隱形怪說。

「嗯，老師很重要。」妖大王點點頭。

哇，校長這麼重視老師？隱形怪感動得都快要現出原形了！

「不過，老師還不是最重要。」妖大王又補了一句。

「我知道——」八腳怪舉起八隻腳：「是學費。」

啊，對喔！大家都恍然大悟。沒有錢，學校根本就開不成。

可是，妖大王還是搖頭。

「是校風。」妖大王堅定的比出一根食指。「一個學校的校風就決定了它的風格、風度和風貌。校風最重要！我們一定要找出最棒的校風，你們說，對不對？」

「對！對！對！」
「啊，原來如此。」
「的確！的確！」
「還是校長英明！」

於是，妖怪小學的網頁上，立刻貼出了第一張「招生公告」：

東風第一個來面試。

「我一吹，春天就報到！」東風說：「只要有我在，保證四季如春，小朋友天天快樂學習，如沐春風。」

「如沐春風？嗯……」九頭龍主任猛點頭，可惜，點的只有一顆頭，其他八顆都在搖頭。

西風第二個來面試。

「選我！選我！我一吹，秋天就出現。秋高氣爽，多好！」

「好！好！」九頭龍主任這次點了兩顆頭，只是其他七顆都在翻白眼：「秋高氣爽？唉，又來一個教成語的！」

南風第三個來面試。

「我一吹，夏天就來到！只要有我在，

天天都可以上游泳課、吃冰淇淋。」

雖然九頭龍主任最愛吃冰淇淋，但是為了學生好，

他還是忍住，沒有點頭。

北風第四個來面試。

「選我！選我！我一吹，冬天就來到。保證學生天天感冒、流鼻涕！」

「嘿，這個好！」一想到全校學生都流著鼻涕的統一造型，九頭龍就開心的點著九顆腦袋。他立刻把北風的學歷、經歷呈報給妖大王。

妖大王只瞄了一眼，吐口火，就把它燒掉了。

「北風？哼，跟東風、西風、南風有什麼不同——

「這些風都老掉牙了！去給我找一些全新的風！」

「是！」

於是，妖怪小學的網頁上，又出現了更新版的「招生公告」：

一個蒙面怪風來面試。

「我是埃及最有名的法老王——圖坦卡門——口袋裡的風！」怪風脫下外套，一股怪臭立刻充滿辦公室。「我從非洲來，我在木乃伊裡悶了三千多年，全身都充滿最新鮮的古老細菌。有我在，妖怪小學一定天天發光、發臭、發病，就像木乃伊一樣，散發出最新鮮的惡臭。」

「唉呀呀！您來晚了！」九頭龍主任的八顆腦袋都縮回背上，勉強露出一顆頭說：「早個八百年，您一定錄取！這麼臭的風，我還是第一次聞到。只可惜，學校要改變作風——要全新的作風呢！您這麼古老的風，只好割愛了。真是抱歉呀！」

一個小風來面試。九頭龍差點要從抽屜裡拿出放大鏡。還好，它一下子就變大了！幾乎塞滿整間辦公室。

「我是複製羊桃莉打的噴嚏。」

伸縮風說：「我可以不斷複製，可大可小，最環保，最省錢！不占空間——一個萬金油的小盒子就能當我的員工宿舍。」

「嘿，可以隨身攜帶的風？這可真新鮮！」九頭龍主任連連點了九次頭：「校長一定愛死你。」

九頭龍主任正想說「你被錄取了」，一個小旋風衝進來說：「等等，還有我！」

「來晚一秒鐘，我已經決定好了。」

「不要這樣嘛！不要這樣嘛！」小旋風一躍一跳，同時跳上主任的九顆腦袋，同時搔著他的九顆頭。

「嘻嘻，好癢——好癢——好癢——好好好——停停

停——你被錄取了——嘻嘻，好癢——好癢——你叫什麼名字——嘻嘻，好癢——好癢——」

小旋風一鞠躬，說：「我叫咕嘰咕嘰風！」

「不公平！哪有這樣搶的？」伸縮風氣得快爆炸了。

「不要這樣嘛！不要這樣嘛！」小旋風又一躍一跳，開始搔伸縮風。

「嘻嘻，好癢——好癢——停停停——好好好——讓你——讓你——嘻嘻——」伸縮風一下子縮得不見蹤影，用放大鏡也找不著了。

就連妖大王也在忍不住的笑聲中，「啪嚓！」一聲，在文件上蓋上了「口水印章」。

姓名
咕嘰咕嘰風
生日
開心時
學歷
瘋瘋風幼稚園
專長
搔癢（沒有搔不到的地方喔！）
經歷
沒有，但未來會很多！

於是，妖怪小學裡，冷冷的冬風吹不進來，炎熱的夏風吹不進來，涼涼的秋風吹不進來，暖暖的春風那就更別提了！

只有咕嘰咕嘰風別上了通行證，可以輕輕鬆鬆吹進來。

有了愛搔癢的咕嘰咕嘰風，妖怪小學天天笑聲不斷。

連下面這一行字，都被它搔得好癢好癢一直笑呢！

嘻嘻，校風果然是最重要的呀～！

開學日

妖怪小學終於要開學了！

妖大王好興奮，一大早就站在校門口，準備親自迎接小妖怪。

開學日，學校地址可是千挑萬選才選定的呢。

熱騰騰的蒸氣、黃溶溶的岩漿……

維蘇威火山口就像快燒開的滾水，連空氣都滾燙燙的。（如果待會兒正好碰上火山噴發，那就更完美了！）

妖怪小學

九頭龍主任也好興奮，一整晚只睡了九小時——九顆腦袋輪流各睡了一小時——簡直就算是失眠了呢！

隱形怪老師也好興奮，大清早就站在鏡子前梳理頭髮，一直拿不定主意要梳哪一種髮型？他還特地換上最喜歡的透明裝：一整套閃閃發亮的透明西裝（有燕子剪尾的那一種）、透明領帶、透明長褲，胸前口袋還特別露出一小截乾乾淨淨的透明手帕。

千眼怪和八腳怪也都把五官調到「最和藹可親」的

角度。

咕嘰咕嘰風很盡責的跑過來、跑過去，逗得大家呵呵笑。

只是，他們連續笑了八節課，從早上笑到傍晚，卻一個學生也沒等到。

「咦，怎麼回事？」大家都好納悶。

小妖怪都睡過頭了嗎？是離學校太遠、不知道怎麼來？還是——臨時出了什麼狀況？

明明什麼都準備好了啊！教材、教具、午餐、茶點……妖大王拿著筆記本，逐一核對。嗯，連火山灰都一粒一粒清潔過了呢！還有什麼忘了做嗎？

火山上，一片烏雲飄過來……

妖怪小學

「啊！」千眼怪跳起來：「我忘了通知小妖怪！」

「啊！」隱形怪跳起來：「我忘了造學生名冊！」

「啊！」八腳怪跳起來：「我忘了收註冊費！」

忽然，一個念頭讓大家全都跳了起來：

哇，我們忘記招生啦！

妖怪小學火熱招生中
學招生中
怪小學
熱烈
生中
妖怪小學
熱情招生中
小妖妖快來！
敬請期待
妖怪小學
第二集

妖怪
妖怪小學
很好玩喔！

妖怪小學入學申請

你的腦海中，有沒有小妖怪出沒？

如果有，恭喜你！幫他填一份妖怪小學的入學申請吧：

先把小妖怪畫下來、幫他取個名字，把他的特性、魔力寫出來，寄給我們。

說不定，他就可以到妖怪小學來讀書嘍！

妖大王等你唷！

請寄到：**104** 台北市中山區建國北路一段 **96** 號 **11** 樓「妖怪小學」收

我小時候很膽小，膽小的人當然不喜歡妖怪。

嗯，更正確的說法是——怕妖怪！

只要神妖大戰，我一定站在神仙這一邊。讀《西遊記》，我是孫悟空的啦啦隊，看他一路斬妖除魔，好不痛快！

妖怪在文字上出現已經小恐怖了，一但變成圖象，更是教我害怕！他們好像是從大自然的陰影中「釀」出來的，陰森、恐怖又嚇人！一點都不像神仙那樣，充滿陽光的溫暖與美好。喜歡妖怪？我從來沒想過。

直到讀了《聊齋誌異》和《山海經》，我才稍稍對妖怪改觀。《聊齋誌異》裡的狐狸精可愛又有人性，連女鬼都多情、善良，讓人好疼惜！《山海經》裡的怪獸

更是神奇、有趣，一點都不恐怖。原來，文字也可以讓妖怪不那麼可怕，故事也可以讓妖怪更親近人。

我開始慢慢同情妖怪了……老是在故事裡扮演「壞蛋」，他們的長相怎麼可能會好看呢？如果……給他們一些好故事，讓他們當主角，妖怪也會有很棒的表現吧？「那當然嘍！」我聽到妖怪在我的心底說話，還蹦上我的心跳，催著我說：「快寫！快寫！」

於是，我開始寫《妖怪小學》。這是一個新的系列，是我對妖怪的「可愛描寫」。在這裡，沒有陰森可怕，只有傻氣、幽默與歡笑。我把妖怪迎入「童話的大家庭」，幫他們打上柔光，引出他們「逗趣好玩」的一面。希望小朋友不怕妖怪，讀得開心，還能跟我一樣，向妖怪打招呼，說一聲：「哈嘍，妖怪，您好哇！」

「哈嘍！你好啊！」遠遠的我瞧見小妖怪們在第二集對我揮手，他們都等不及想上場了呢！

閱讀123